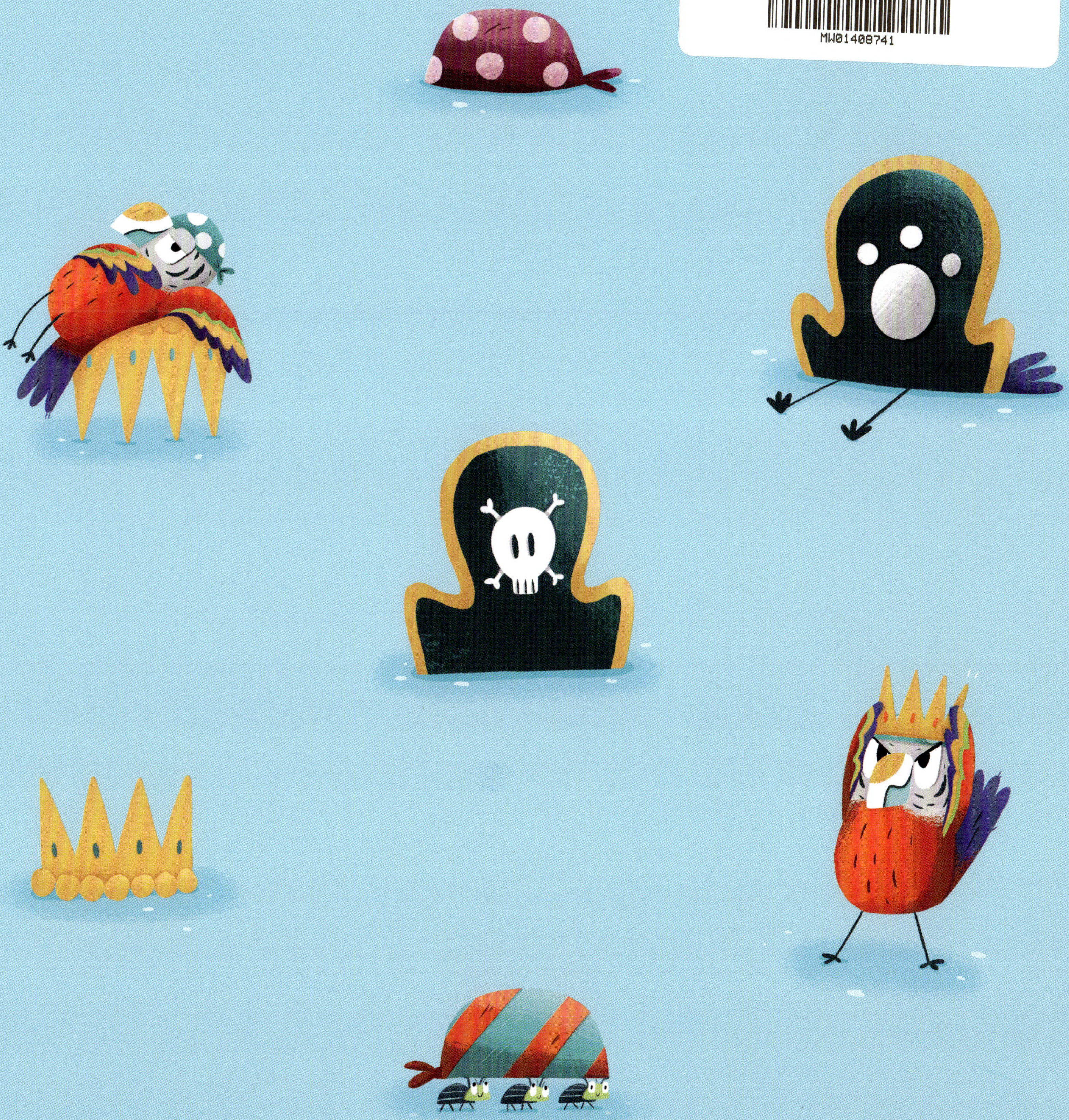

Para Eddie, Benji y Pete,
y mi maravillosa mamá, que con mucha sabiduría me dijo
que las cosas llevan su tiempo.
— HR

Para la abuela, el abuelo, mamá y papá.
—SR

© EDITORIAL EL PIRATA, 2022
editorialelpirata.com

Primera edición en castellano: junio de 2022
Segunda edición: marzo de 2024
Traducción © Equipo de Editorial el Pirata, 2022
08208 Sabadell (Barcelona)

Título original: *Never Mess With a Pirate Princess*
Copyright del texto © Holly Ryan 2021
Copyright de las ilustraciones © Siân Roberts 2021
Primera publicación en el Reino Unido 2021
por Little Tiger Press Ltd, una marca de Little Tiger Group.

Todos los derechos reservados
ISBN 978-84-18664-08-3 · Depósito legal: B 3352-2022
Impreso en China

Editorial el Pirata da apoyo al *copyright*, que protege la creación
de las obras literarias y es, por tanto, un elemento importante para estimular
el trabajo de los artistas y la generación de conocimiento.
Les damos las gracias por apoyar a los autores al adquirir una edición autorizada
de este libro y por respetar las leyes del *copyright* al no reproducir,
escanear ni distribuir de forma total o parcial esta obra,
en ningún medio, sin permiso previo.

FSC
www.fsc.org

MEZCLA
Papel de fuentes
responsables
FSC® C145202

CUIDADO CON LA PRINCESA PIRATA

Holly Ryan

Siân Roberts

Editorial el Pirata

La princesa Prudencia adoraba a su perro Perdigón,
a su rana verde y a su conejito de algodón.
Pero no había en el mundo un amor igual
que el que sentía por Teddy, su osito real.

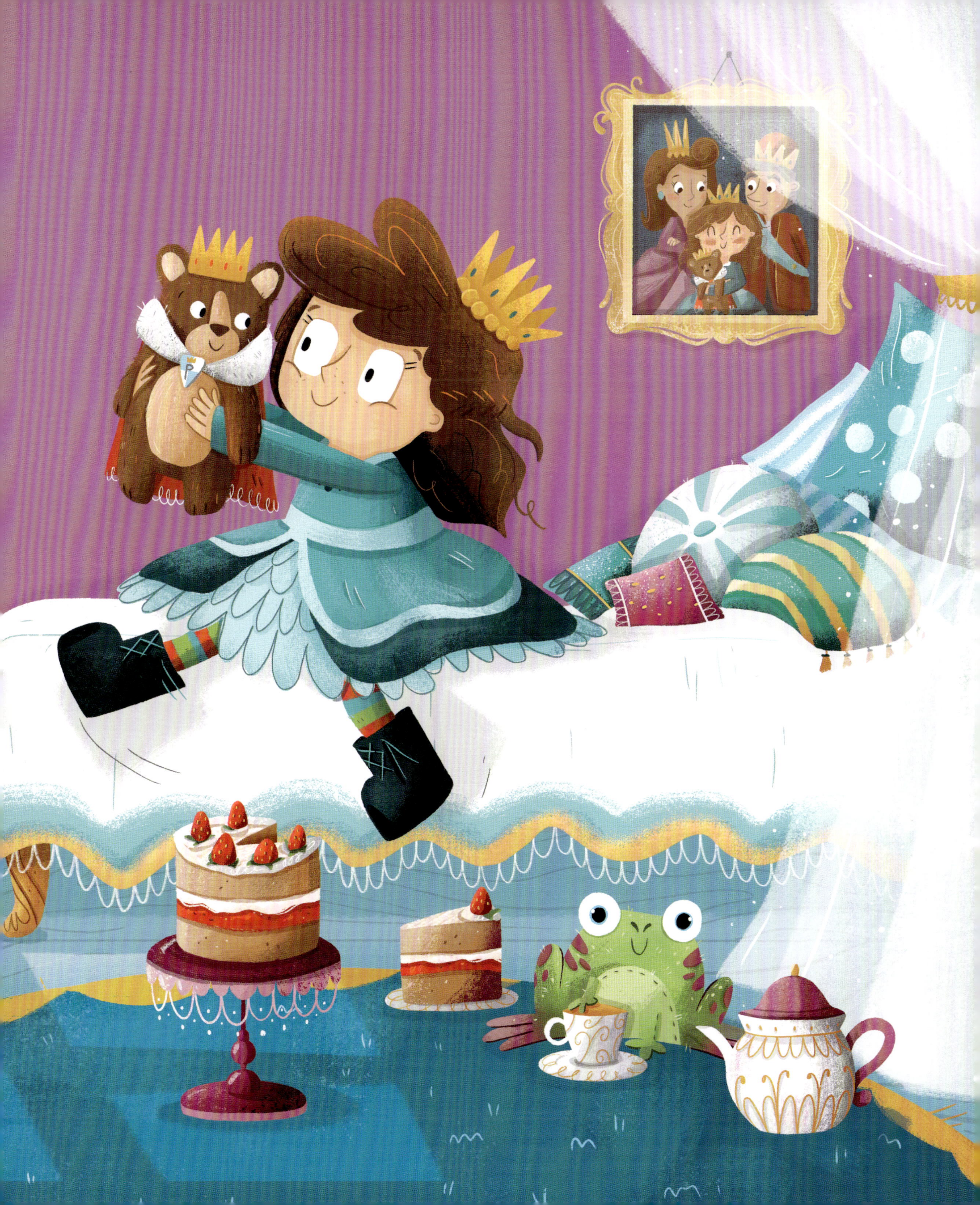

Lo llevaba aquí,
 lo llevaba allá,
lo llevaba
 siempre
 para pasear.

Lo llevaba a la compra,
 lo llevaba al zoo...

¡Incluso al baño
una vez se lo llevó!

Pero un día soleado,
cuando los caballeros estaban ocupados,
la princesa se quedó dormida junto al lago,
con Teddy tumbado en el suelo a su lado.

Dormirse allí sola fue un GRAN error,
porque llegó un desconocido aterrador.

Alguien que a palacio no había sido INVITADO,
¡con una calavera y dos huesos cruzados!
El pirata agarró el pequeño OSO...

... ¡y se lo llevó dando un SALTO GRANDIOSO!

—¡Teddy! —sollozaba la princesa Prudencia—.
¡SOCORRO! ¡Me lo han robado!
¿Dónde, dónde se lo habrán llevado?
¡Necesito que vuelva con URGENCIA!

De repente, apareció un caballero muy galante, que llegó al trote con su armadura brillante.
—¡No temáis, princesa, yo salvaré a vuestro oso, pues soy Ramón, el caballero valeroso!

—¿Te parece bien si cabalgo a tu lado?
—le preguntó la princesa al caballero estirado—.
Me aburro de estar aquí sin hacer nada.
Y mira: ¡hasta tengo mi propia ESPADA!

—¡Eres demasiado ENANA para ser un caballero!
—se burló Ramón, con tono grosero.

Pero la princesa Prudencia no perdió la compostura.
Preparó unas cuantas cosas para su gran aventura.

Saltó el foso, sin mediar palabra,

¡y se fue al galope,

a lomos de una CABRA!

Buscó en una arboleda espesa y encantada,

en un claro mágico,

en una cascada,

en una colina

y en dunas de arena.

Buscó y BUSCÓ la tarde entera.

¿Pudo encontrar a Teddy, su osito?
¡Por desgracia, no!
¡No estaba en NINGÚN sitio!

¡Pero un momento! ¿Acababa de observar un barco pirata navegando por el mar? Y, siendo empujado por encima del tablón, ¡el no tan valeroso **CABALLERO RAMÓN**!

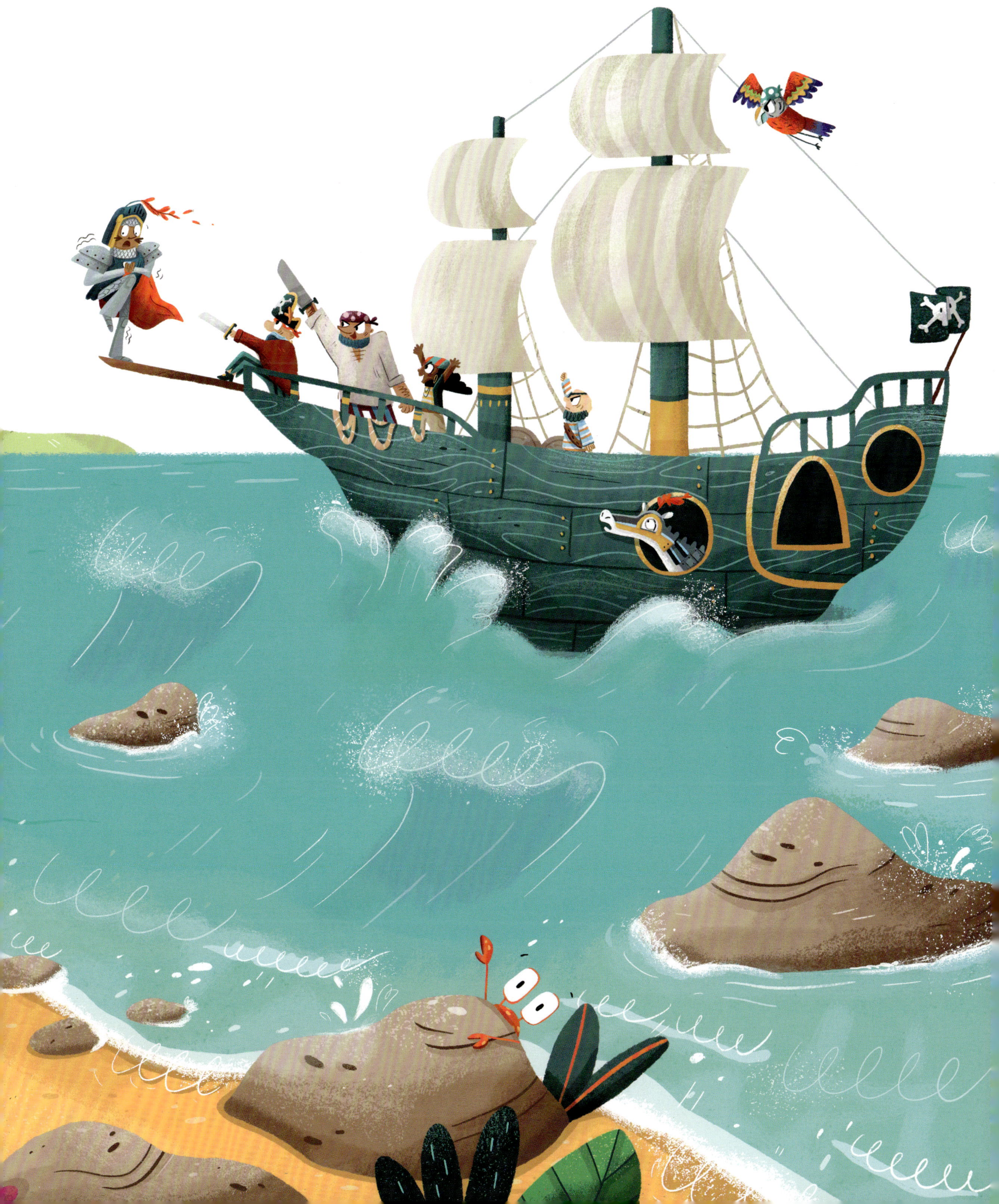

Los piratas eran una visión aterradora,
pero Prudencia era una valiente luchadora.
—¡Yo te salvaré, Ramón! —gritó la princesa,
y se lanzó nadando hacia la mar gruesa.

Hasta que, con una **impresionante** pirueta,
¡se subió al barco **dando una voltereta**!

—¿QUIÉN ANDA AHÍ?

—gritaron los piratas.

Pero Prudencia, veloz, desenvainó su espada.

Ató a los piratas al palo mayor
mientras Ramón la miraba con estupor.
Y allí, dentro de un cofre del tesoro,

¡encontró a su osito con corona de oro!

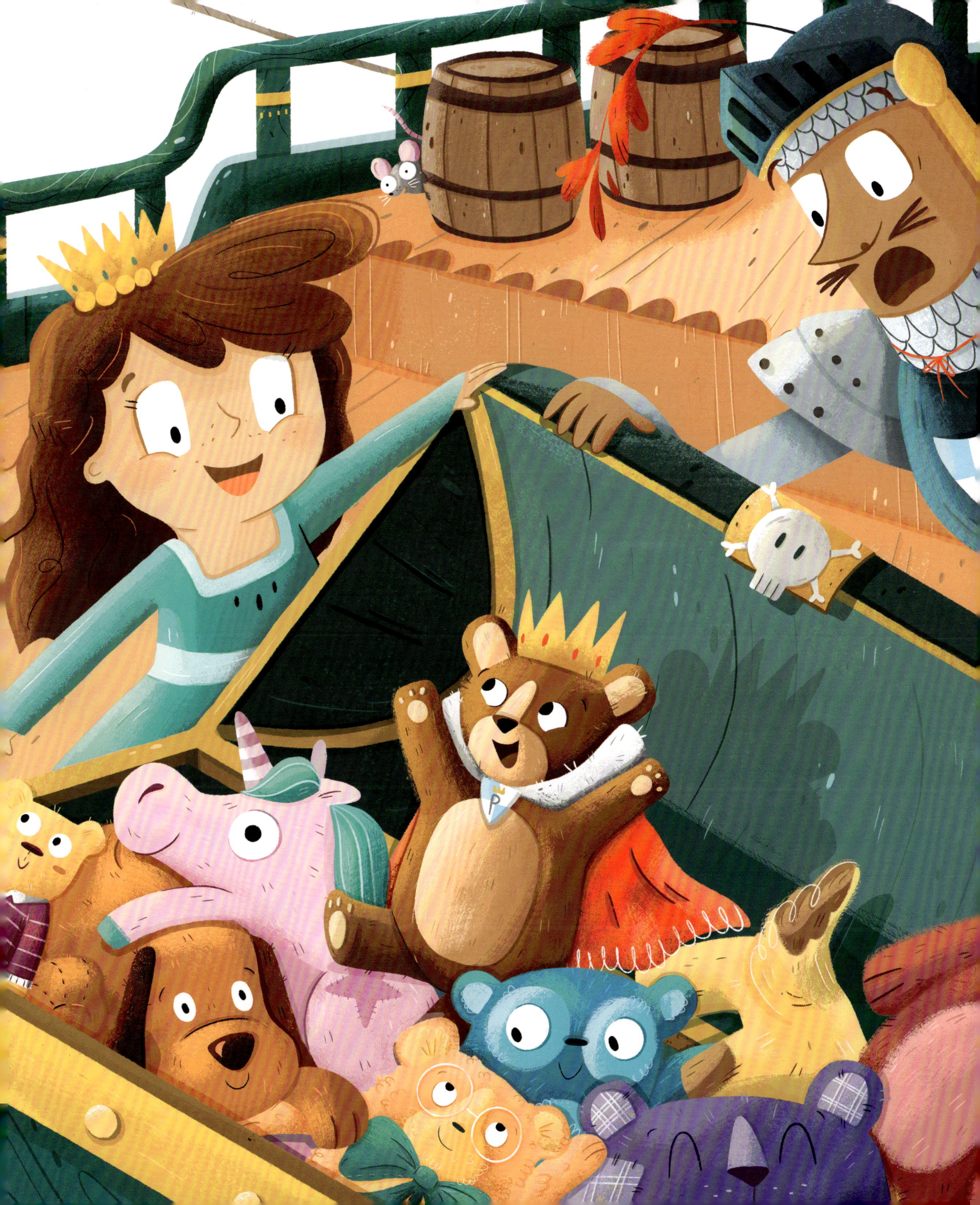

La princesa Prudencia era firme pero justa.
—Que los piratas robéis peluches no me gusta.
Son los mejores amigos
de los chiquillos y chiquillas.
¡Limitaos a robar oro y cosas que brillan!

—¡LO SENTIMOS!

—lloraron los brutos corsarios—
Los devolveremos a sus propietarios.
Pero, por favor, no te enfades,
¡es que eran muy monos y suaves!

Y, como un **BUEN** pirata nunca miente,

eso fue lo que hicieron exactamente.

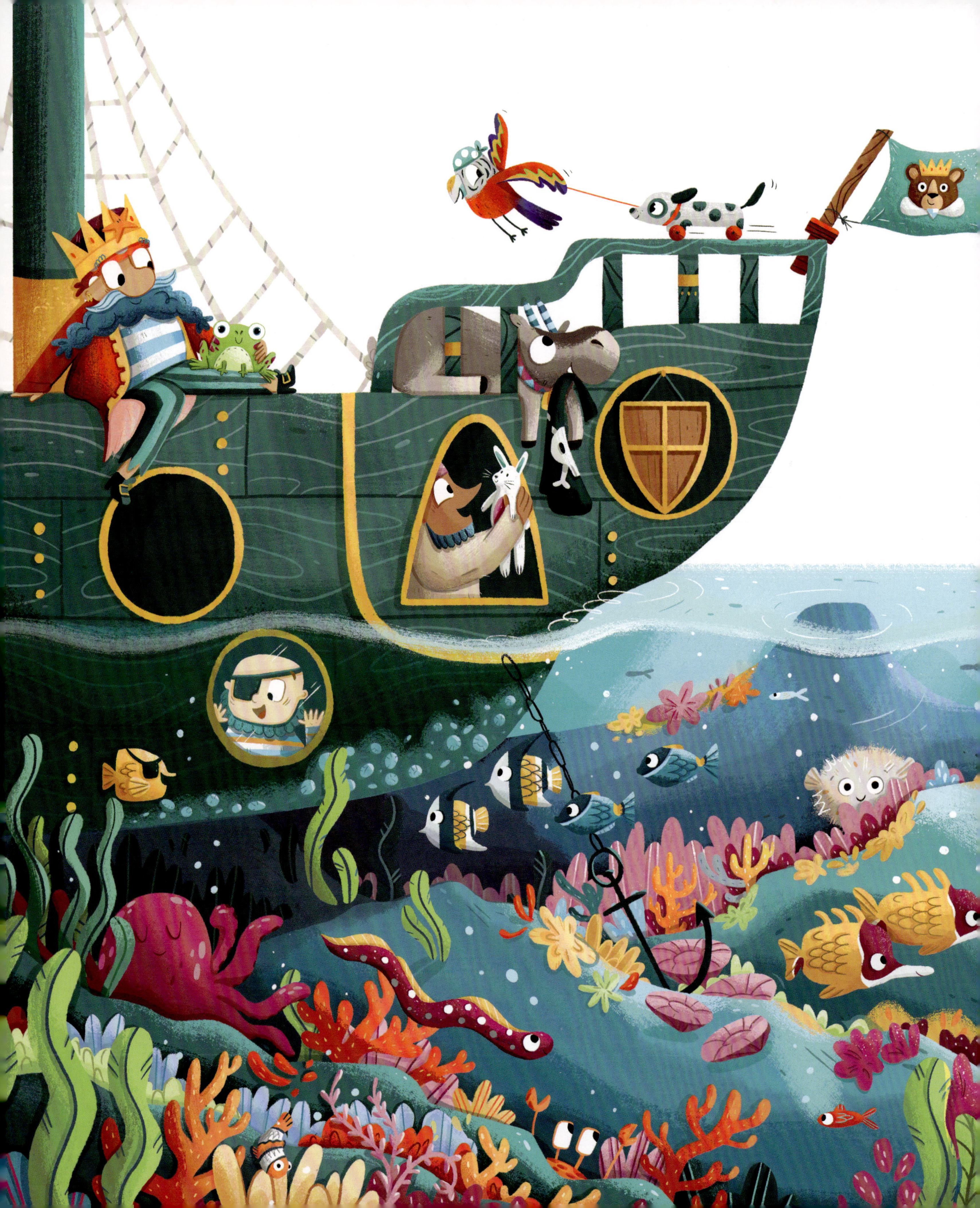

Después de esta aventura, la princesa Prudencia
se convirtió en la capitana pirata por excelencia,
porque si algo le gusta más que reinar
es salir a navegar por el mar.

Mientras la tripulación cuida de su perro Perdigón,
de su rana verde y de su conejito de algodón,
ella busca TESOROS en el fondo del mar salado,
con su osito Teddy siempre a salvo a su lado.

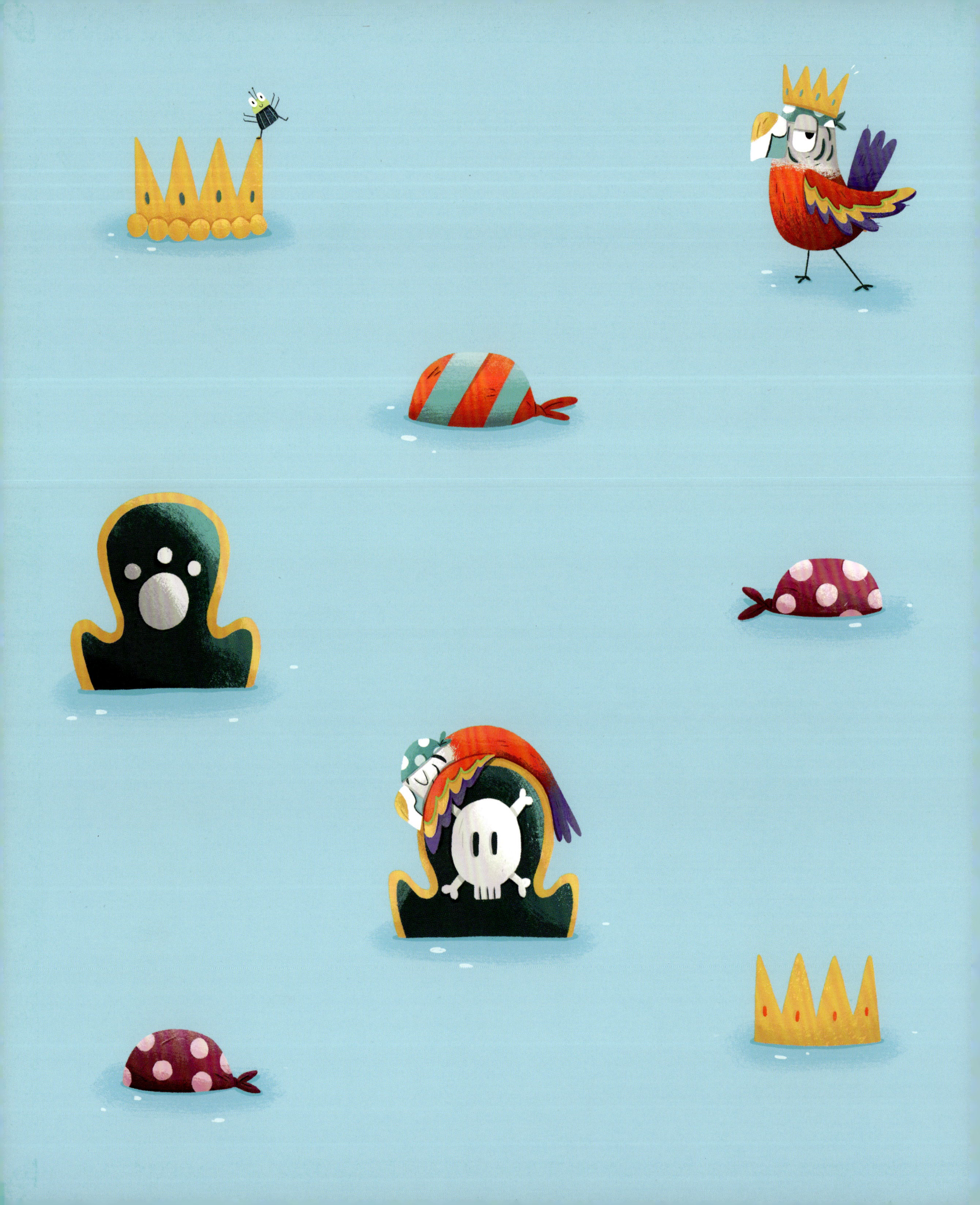